먼지

J.H CLASSIC 083

먼지

최병근 시집

지혜

시인의 말

세 번째 결실입니다.

용기를 다시 내었으나
여전히 오기와 포기의 샛길에 멈춰 서 있습니다.

길은 갈수록 어렵고
마디가 늘어날 때마다
마음병이 도집니다.

시를 읽는 분들께
다소나마 삶의 위안이 되어 주었으면 하는
작은 바람 하나입니다.

격려해 주신 분들께 감사의 마음을 더해 드립니다.

이천 이십 이년 사월
최병근

5

차 례

1부 생목의 기억법

2부 회전목마

3부 빗방울 조문객

• 일러두기
페이지의 첫줄이 연과 연 사이의 띄어쓰기 줄에 해당할 경우 > 로 표시합니다.

1부

생목의 기억법

입추立秋

대추나무의 엉치뼈가 헐어 있네

알 못 낳는 수탉 모가지를 비튼 날
여름내 낮잠을 도운 목침木枕을 쪼개
불을 지폈네

끓어오르는 솥단지

묵은 대추 몇 알 거기 던져 넣는
이 미친 화형식火刑式은
새벽마다 닭 울음 받아 삼킨 앞뒤 산이
벼슬 벗고
낙향落鄕하기 전에 끝낼 일이네

도마의 길

뭍이거나
바다이거나
숨 쉬던 것들은 다
향기가 배어 있죠

잎과 지느러미가 만나
오가던 이야기만큼이나
칼날 아래 누운
막다른 처지를 비관한 적 없죠

식재료 아래
저항의 자유마저 내려놓은
나는 칼의 영원한 파트너

저편에 두고 온 그리움도
싹둑싹둑 다 잘라놓고 마는
종착역의 역무원

남의 생을 썰고 다지며
때론 삐뚤빼뚤 악필로 남긴

잊힌 상형의 이름들

닳아가면서
상처를 아물리는 내 생은
칼을 쥔
당신의 손에 달려 있죠

드라이플라워

이역만리 낯선 땅에서
뿌리를 잃어버린 이름입니다
바다 저편 생생하게 걸려 있는

프리지아
장미
수국
천일홍

그대의 얼굴 위에
거꾸로 매달린 이국의 마른 꽃은
언제나 목이 마르죠

누가 허공의 자리에 옮겨 심었을까요

침침한 마사지실에서
손가락 마디마디 붙잡혀
하얗게 비틀어져도
환하게 웃는 조슈아

>

죽어서 영원을 담보한다는 게
어디 쉬운 일이던가요?

레미콘

질주입니다
굳으면 쓸모가 없다는 걸 아는지
골고루 섞이며
비비며 갑니다

붉은 신호등이 눈 감는 동안에도
시간을 거슬러

시계방향으로 돌리며 타설되는 순간
그제야 눈치 챘습니다
내가 가는 길은 산산이 풀어져야
비로소 인정받는 몸값이란 것을

물컹한 것들은 쉼표가 없습니다
바닥이나 제 뼈대를 찾았을 때에야
마지막 온점을 찍습니다
때론 물렁하게, 혹은 딱딱하게

우리는 뼈와 살을
그렇게 아물리며 살고 있잖아요

생목의 기억법

발치의 그늘과
새들의 소리를 잃어버린 장작 여섯 개비
붉은 혀에 그을리고 있다

한 토막 한 토막 매를 치듯
활활 시간을 잃어버린 듯
식식 불붙어 떨구는
뜨거운 생목의 울음

사그라진다는 건 참 아픈 일이지만
까맣게 그을린
골다공증은 더 슬픈 일이다

누군가 마지막 흔적에 불을 붙이는 날
바짝 말라 멈춰버린 소리들이
연기도 없이 타오른다

여리고 착한 것들은
사그라지는 순간 눈물을 흘리지만
깡마른 놈들은 울음도 없다

＞

　까맣게 타버린 그 속내마저 감추리라

　마지막 순간까지

　한 줌 재로 뿌려진 숯의 사연 같은

석류나무 정거장

얼마나 약이 올랐으면
저렇게 빨개지는 것인가

누가 칼을 놓았을까

스스로 자폭하며 쪼개지도록
붉은 상처 남기고 떠난

알알의 상처를
치마폭으로 감싼

저 여자

신탄진 졸음쉼터

경부고속도로 회덕분기점
연두색 유도선 세이프티 레인을 따라가면
할머니의 화투장 속 벚꽃나무 아래
꽁꽁 붙잡혀 우화등선하려는 나비가 있다

얼마 전 대학을 졸업한 청년이
청년창업 푸드 트럭 한 대 세워놓고
커피 향기를 피워 올리고 있다
졸음운전 번쩍 저승, 졸리면 제발 쉬어가세요

누군가는 쉼터에서
잠시 나비잠을 자고 훌훌 떠나는데
길 위 쉼터는 그의 젊음을
콘크리트 바닥에 깊게 박아버렸다

속도를 잃어버린 시간 위에 설계된 창업
경기 탓인지 손님 없는 외딴 쉼터
쉼 없이 사라지는 자동차와 사람들을
무연히 바라보는 눈은 속도를 따라잡지 못했다

\>

고무줄 같이 팽팽한
스무 살 탄성을 꽁꽁 묶어놓고
언제 한껏 당겼다가 쏘아 올리려는지
하얗게 노동을 팔고 있는 청년 창업가

열무물김치

한여름 입맛 없는 날
아삭한 풋고추 열무물김치를 먹을 때마다
허리 바짝 졸라맨 열뭇단은
한없이 녹는다는 생각을 합니다

장마철에는 녹아버린다며
학교 다녀오면 열무 뽑으러 오너라
땅 한 평이 서러워 콩밭에 심어놓고
산꿩 울음이 누이를 부르던 밭입니다

웃자라도 질기지가 않다며
지푸라기로 갈래 머리처럼 묶여 시장으로 갔던,
여린 풋내로 가득했던 한 다발 두 다발
이고 들고
엄마를 졸졸 따라가던 누이

김치에 물을 맞추듯 자박자박 건너온
김치 국물에 칼칼한 유년의 그림자가
어른어른 맑은 유리그릇에 얼비쳐 옵니다
햇살에 손길과 똑 닮은 열무입니다

>

비도 오지 않는 장마철

국수를 말아먹어도

오래전 묶여 있던 무엇이라도

내 입속에서 잘 녹을

누이의 이름입니다

얼굴

오랜 세월 속에 머문 친구를 만나러 갔다

이름을 부를 때마다
상징의 접점은 얼굴이었다
이 세상 단 하나밖에 없는 그의 이목구비
지금도 선명히 기억하고 있다

당신의 얼굴은 흑암인가요
내가 눈을 감은 때에
당신의 얼굴은 분명히 보입니다 그려*
그러나 친구는 어디에도 없다

약속 장소에서 전화를 걸었다
바로 옆에서 낯선 남자가 전화를 받는다
기억 속 초점이 갑자기 흐려졌다
단 하나 변하지 않은 목소리만 남아 있다

돌아오는 길에 얼굴을 생각했다
내 것이지만 내 것도 아니었고
너와 나를 차별하는 공인인증서였다

＞

저만치 얼굴을 바꾼 신종 유전자들이 걸어간다

눈 감아도 또렷하게 보였던
친구의 마지막 육체적 서명이 끝난 날
조석으로 기도하듯 비비고 닦고 공들이며 모셨던
그만의 비밀한 성소를 버렸다

하여, 다가올 첨단의 신께서는
죄 없는 유기화합물로
새롭게 빚어낸 신종 유전자를 뭉뚱그려
신인류라 명명할지 모른다

* 한용운의 시 「반비례」에서 인용.

중심의 기울기

23.5도 삐딱하게 살아야 한다

삐딱한 것들을 바라보다
동일한 조건과 상황에서 값을 구한다
시속 1,660km 속도로 자전하는 조건에서
하루 86,400초 시간 값을 정확히 고정시켰다

극과 극이 서로의 중심을 찾다
힘의 균형에서 빗나간 축을 본다

떨어지는 나뭇잎의 너울진 각도와
들판을 걷다 한쪽으로 누운 풀들을 본다
고양이와 새들이 기울어진 난간을 차고 오를 때
한 사내도 골목으로 자기 그림자를 기우뚱 끌고 간다

느리게 빠르게 기울기의 각도만 다를 뿐
누군가 삐딱한 축을 잡고
중심 잡으려고 안간힘을 쓰지만

그들은 늘 23.5도 기울어져 있다

호수 의자

수심의 속살을 더듬자
빛의 그늘에서 그림자가 내려앉았다
장대비가 파문을 지우며 달려들어도
가벼운 눈송이가 내려앉아도
그저 묵묵히 앉혀주고 있다

고요하게, 때론 무지막지하게
야단법석을 떨어도 마찬가지
밤이든 낮이든
어떤 지위라도 거부하지 않는다

오늘은
멀리 있던 별과 달, 그리고 바람이
친구처럼 찾아와서
하룻밤 쉬어 갔다

어떤 자격이든
편안하게 받아주는 호수는
나의 의자였다

감感에 관하여

똑같은 산도 바라보는 거리마다 다르다

멀리서 봐야 산으로 걸어간 낙타의 등도 보인다
쌍봉 삼봉 오봉 육봉 구봉이 보이고
끝없는 사막의 길로 걸어가는
수많은 낙타의 행렬에 동참하고 싶어진다

가까이에서보다 먼 곳에서 바라봐야 할 때가 있다

잿빛 하늘을 날던 새떼가
허공에 불립문자를 남기고 갔다

고요하게 해탈한 의식들이
감의 경계에서 툭툭 떨어진다

개구리참외 경매작전

농수산물시장은 매일 새벽 전쟁을 한다
경매사의 소리와 손짓이
수류탄을 닮은 개구리참외의 무늬를 해독하고 있다
신속 정확하게 화답하는 통신병들이다
그들만의 기호와 전문은 철저한 통신보안이다

그들이 손짓으로 날리는 암구호는 무엇인가?
자기가 만든 것은 자기가 값을 정하지 못해
저마다 생계의 숫자를 격발시키자 전운이 감돌았다
수신호가 통했던가 명중했던가?
누군가 인정해준 몸값으로 붉은 전광판에 걸려들었다

새벽의 전장으로 비상소집된 중매인
손가락을 오므렸다 폈다 긴장의 속도가 멈추자
낙찰된 한 획이 새로운 가치를 명령했다
새로운 작전과 계획으로 무장한 개구리참외가
늙은 수레에 실려 중매상의 참호로 이동했다

팽팽한 숫자의 전쟁에서 승리한 개구리참외 수류탄
중매상 진지 위에 가지런히 놓여 있다

접근하는 고객에게 투척되는 순간
달콤한 폭발을 짐작하는 신새벽 전선
어슴푸레 새벽달이 저 혼자 굽어보고 있다

마개 빠진 소리

맥주병을 뻥뻥 터뜨리며
종친들을 모시고 문중회의를 하게 되었다
나이 지긋한 어르신이 갑자기 화를 내며
그 마개 빠진 소리 집어치우라 하신다

한여름 시원한 맥주병 마개 따는 소리
옆방에서 샴페인 뚜껑을 따는 소리
청량감 있는 소리가 분명한데
못마땅한 소리로 들리는가 보다

곰곰이 생각해 보았다
입 터지는 병마개처럼 뻥뻥 뻥이라서
김새는 소리라서 그런가
견고한 마개가 열리는 순간부터

오늘은 한 수 배우고 왔다
마개가 빠지는 순간
화들짝 환해지는 시원한 소리
우주가 열리는 소리다

배꼽

허기져 뱃심이 없다 떨어져 딱딱하게 아문 상처의 자물통, 때를 눈치 채는 순간 배를 더듬어 본다 정확한 삼시 세끼 봉인을 푼다 탯줄이 잘려나간 자리는 내 몸 중앙에 붙들려 있는 꼭지였다 잡식성인 나는 아무리 배가 고파도 참외나 사과나 배의 태胎는 남겨두고 먹는 예의가 있다

배가 고플수록 허기지는 등과 허리, 마지막 연을 끊은 태胎의 고향을 여는 열쇠는 없다 어쩌면 배꼽은 단신 생장점이므로 외로운 실향민이다 벌초 한 번 하지 못한 나의 몸 한가운데 신성한 망향단* 내 물음표는 배꼽 속으로 들어가 매일 배꼽의 아우성에 귀 기울인다 우주의 꼭지가 꼬르륵꼬르륵 잠겨 있다

* 실향민들이 제례를 지내는 곳.

벼랑의 언덕

퇴근길 담벼락 아래
낮술에 취해 쓰러진 여자
내 인생은 왜 이리도 꼬인 거냐며
긴 속눈썹에 맺힌 그렁한 눈물을
여자 경찰관이 다독이며 닦아주고 있다

그때 차가운 담장 벽에 붙어
길 아닌 길에서 당당히 살아가는
담쟁이넝쿨의 손짓을 보았다
어서 눈물을 닦고
스스로 벼랑 끝에 세운 나를 보라고

듬직한 뼈대로 태어나지 못해
바들바들 흔들리다가
비빌 언덕은 벼랑뿐이었다고
허름한 벽돌집을 배경으로 터 잡았지만
벼랑이면 족하다는 손길을 건넨다

무엇이든 잡아야 버틸 수 있다
한 걸음 한 걸음 옮길 때마다

뿌리를 박아가며 고고한 머리털을 세운다
어디든 가보겠다는 태도에
바람마저 그의 등을 떠밀고 있다

아직도 올라가야 할 길이 있는 날
담쟁이는 용기 한 짐 부려놓고
여전히 길 아닌 고비 위에 서라 한다
아슬한 절벽을 오르고 또 오르려면
어서 여자 경관이 내민 손을 잡으라 한다

빗방울 대관식

잔잔한 호수에
한 줄금 소나기 퍼붓자

수면 위에는 하나 둘
모두가 반짝이는
왕관을 쓰고 있다

비가 멈추면 공정한 물은
왕관을 모조리 거두어 가 버린다

기상도

열대 저압부에서 시작된
너울성 파도와 강풍이 몰아치고 있다
태풍의 진로가 궁금한 날
손바닥에서 기상도를 읽는다

굵은 선과 실선이 등압선과 등온선처럼 빼곡하다
양수의 파장으로 새겨진 지문
뼈와 살과 골수까지 다 내어주고
손가락 마디마디 고저압의 전선으로 교차한다

엄지 검지 중지 약지 계지의 중심에서
서로 다른 모습으로 생겨난 물살은
평생 지울 수 없는 비밀스러운 나만의 일기도
다섯 손가락은 저마다 고유한 이름을 얻었다

망망대해 질기게 뻗어나간 손등의 심줄
폭풍에 따라 어지러이 방황할 때
심해의 바닥으로 추락하며 발버둥친다
넘치는 바다를 끌어안고도 손바닥을 오므렸다 펴며

>

당신의 일기에 써 내려간 손바닥 기상도
우주 저편에 숨은 반달을 보다가
펄럭펄럭 지상에 돛을 올리고 싶어
태풍은 먼 바다로 물러갔다

술의 계급사

거미줄에 걸려든 단서는 휑뎅그렁 초라했다 현장에는 허기진 주머니에서 나온 동전과 유효기간이 지나버린 라면, 방안 가득한 소주병이 유일한 목격자였다 이미 주량을 헤아릴 수 없는 계획적인 범죄였으므로 수사는 혼선을 빚었다 베테랑 검시관은 예민한 코끝으로 그가 남긴 마지막 한 방울까지 킁킁거리며 사인을 기록했다

흔해빠진 싸구려 소주는 사내의 인생에 개봉된 쓰디쓴 약이었다 늘 사내의 말에 귀 기울여주다 가끔은 빈병으로 나뒹굴면서 웅웅 함께 울어주기도 했다 오래된 친구처럼 속을 다 털어놓으며 그의 마지막을 위무했다 사내와 술은 끊임없는 적이자 동지였지만 맑게 포장된 술은 마개 속에 푸른 독을 숨겼던 것이다

술에 눌려버린 딱딱한 압화押花, 중심에서 밖으로 뻗어나가는 나선형의 세상은 거미의 제국이다 투명하게 해명할수록 더 얽히고 벗어나려 발버둥 칠수록 더 옥죄어지는 황홀한 슬픔, 마지막 빛깔이 보랏빛으로 물들어 탈탈 털려 굴복하기까지 지하 단칸방에서 퍼득퍼득 유기되었다 가느다란 숨소리가 마지막 구멍을 빠져나오는 순간에도 병마개를 거꾸로 돌리며 회귀하고 싶었을 그 사내

>

    사건 현장을 떠나는 검시관은 검시서에 이렇게 적었다 직접적
사인은 친절한 술의 덫에 걸린 계급사라고

어판장에서

갈치는 바닷속에서 먹잇감을 잡기 위해 수직으로 몸을 세워 사는 한 자루 검이다 쩍 벌어진 주둥이 무엇이든 움켜쥐듯 물어버린 날카로운 이빨과 부릅뜬 눈은 물살에 몸을 세운 물의 겹이고 한 자루 칼날이다 헐렁한 목관에 선어가 줄 맞추어 담기자 경매사는 맑은 종소리를 울리며 잘 가라고 어허이 어허이 출렁이던 바다를 잠재우고 있다

목숨의 종착역이 분주하다 출신성분을 갈라놓고 마지막 죽음에 핏기로 신선도를 저울질하며 무게를 달아본다 대접 받고 하대 받는 저 죽음의 등급 아래 비릿한 갈치가 까맣게 누워 자신의 집을 기다리고 있다 싸구려 목관 서너 상자에는 어시장 구석에 밀려 누구라도 내 몸을 기억하라며 상자에 달린 등급 라벨만 덩그러니 붙어 있다

내가 알던 사람들도 꼿꼿하게 몸을 세웠지만 그의 집은 어디에도 없다 무너진 뼈마디마다 청승맞은 곡조는 차갑게 얼려질 것이다 언제라도 바다는 침묵하며 시치미를 떼지만, 마지막 눈물의 가치들만 텅 빈 충만을 가로채려 한다

2부

회전목마

투명한 연대

빗방울의 돌기에 꽂혀

톡톡 터지며 피어나는

상처끼리 연대한 물의 꽃

가을, 그 두 얼굴에 대하여

내 주머니 사탕 봉지가 바스락거리듯 가랑잎은 내 심장 맨 끝 자리에 매달려 있다 가을을 복사했던 물그림자는 낙엽이 지고 하늘이 발목까지 내려 스산한 오후의 한나절, 물오리 떼가 날개를 곧추세우고 저 홀로 매운 노을을 따라 차오르고 있다

투명한 햇살과 연애하던 가을의 두 얼굴이 좋다 단풍 뒤에 조락의 쓸쓸한 얼굴, 뜨겁게 불태운 사랑은 그을음을 남기지 않는다 잠시 지나쳤던 인연에도 현현한 그리움이 있다 서로의 뒷모습이니 엄살 부리지 말자 지는 것도 사랑이므로

두 얼굴의 계절을 읽었다 화려한 언변으로 톡톡 튀는 사람은 슬프다 허허로운 나목의 그림자를 보듬지 못하는 애정의 결핍이므로 가을은 해마다 전염병으로 홍역을 치른다 허공에 스러진 한 장 낙엽의 잠언箴言을 책갈피로 모셔와 오래오래 들여다본다

감정의 회로

시동을 걸고 길을 나섰다 오래전 기억된 방향과 감각을 지그시 눌러주면 살아나는 그녀, 발자국도 없이 동석한 나와의 시간 여행자다 목소리만 함께 해도 길눈이 훤해서 늘 나를 앞서 간다

입주 삼년 차 붙박이로 언제나 반듯한 말만 되풀이하지만 나와 10만 킬로를 달려온 내밀한 동행자 나의 비밀스러운 이야기를 누구에게도 옮긴 적이 없다 딱 할 말만 하고 남의 말을 듣지 않는 그녀

제 몸 밖을 떠나 본 적 없는 그녀가 비밀스럽다 누군가의 안내 자로 살아가는 그의 가계家系는 회로에 칭칭 감긴 디지털식 감정의 속내를 품고 있다 그래서 그녀를 믿었다가 낭패를 당한 사내들도 허다하다

하루가 다르게 지도가 바뀌는 끝없는 미로, 새로운 여자로 업데이트하지 않는다면 그녀의 난청 밖으로 굴러 떨어져 훤히 아는 골목에서도 넘어지는 일이 가끔씩은 있겠다

개화리에서

그들은 사글세로 전전하던 사람들을 뜨내기라 불렀다 지도에서 검게 산화해 버린 고향의 기억, 화약에 잘려나간 버력*에 앉아 옥마산을 더듬어본다 지금은 멀리 가서 무형의 그림자로 떠돌고 있는가 비가 내리면 사방은 검은 물로 튀어 오르던 광산지대, 분노로 가슴을 싸맨 젊은 새댁이 수북한 저탄장에 남편을 묻고 돌아왔다

막장이 막혀 버리자 두 아이 손을 잡고 옥마봉을 넘어갔다 오석으로 튀어나온 조각상, 떠나간 이들은 말이 없고 찾아오는 이들의 기억도 봉인되었다 유년의 기억이 손금처럼 새겨 있는 저 검은 땅, 조각상 사이로 억새풀만 모가지를 내밀고 자맥질한다

천상의 화원을 떠나지 못하고 아직도 검은 화석으로 박혀 있는 내 친구 서넛이 산다

* 폐석들의 잔재.

고드름 당신

뾰족한 부동의 자세로 아슬히 서 있던 고드름, 두 발로 걷지 못
해 서럽게 녹던 당신인가 싶어요 어떤 차가운 비밀의 열쇠처럼
그렇게 열리고 닫혔던 그 사랑은 등 뒤에서 서럽게 조금씩 녹아
내렸다는 것을

지붕 위 한 채의 살림을 지키며 서까래 아래 당신의 눈물을 대
롱대롱 받치고 있었나요 자신은 녹아 사라지더라도 따뜻한 햇살
처마에 들이던 고드름 당신

버젓이 햇살의 등 뒤에서 당신은 나날이 작아지셨지요 꽁꽁
얼어붙었던 한쪽 발의 마지막 근력이 힘없이 툭 무너지듯 지금
은 아주 멀리 가신

망치

기댈 곳 없는 절벽에

못을 치는 것처럼

망치질에 맞서다 못이 꺾인 것처럼

서럽게 구부러져서

망치면 어때?

누가 자루를 들었는지가 중요하니까

맹물

아내의 설거지를 도와주는 게 못마땅하셨는지 어머니가 저를 보고 맹물 같은 놈이라고 꾸중했습니다 싱크대 위에 수북한 그릇들을 하나 둘 세제에 묻혀서 박박 문지르고 깨끗한 수돗물로 헹구는데 어떤 그릇에도 물이 잘 맞춰지듯 잘 맞춰 살아가는 아들에게 맹물 같은 놈이라고 하시냐고 묻자 저놈이 내 속을 더 썩인다고 버럭 화를 내셨습니다

더듬어 보니 소금처럼 짠물도 있고, 싱거운 물도 있고, 우물에서 막 길어 올린 물도 있지요 어머님의 비유를 따른다면 저는 순도 100% 맹물인 착한 사람입니까?

오늘부터 누가 내게
맹하다 맹물 같은 놈
이런 말을 해 준다면 살가운 인사라 믿겠습니다
어떤 그릇에도 빈틈없이 맞춰주듯이

멍

돌아서면 자라나는 잡초를 맨손으로 뽑았다 손바닥에 멍이 시
퍼렇게 들었다 뿌리까지 뽑아내고 솎아내는 일이 이렇게도 곤고
하다 저 고공철탑 위에서 홀로 시위하는 한 사내의 멍, 빈주먹으
로 허공에 통점을 찌르고 있다 누군가 뽑아낸 자리는 눈부시게
견고했다 오랫동안 지켜왔던 헐렁한 대가, 밥과의 줄다리기에
그의 목울대가 울컥 뜨겁게 울린다

넋 잃은 광장에서는 공정이란 표어만 그저 나부낄 뿐이다 불
온한 대기가 하늘에 걸려들었다 한 줄금 소낙비가 다 지우고 가
려나 보다 울창하게 정리된 숲, 후두둑 뚝 빗방울이 관성을 따
라 자꾸만 낮은 곳으로 쓸려간다 작은 잎사귀에 비를 피하던 새
들, 또 무엇이 가슴에 박혔는지 더 깊은 숲속으로 휘몰리고 있다

옹이의 눈

켜켜이 쌓인 어둠의 숲 저쪽 붉은 속살 드러내 보이며 마디게 들려오는 미명의 톱질 소리를 나무는 알고 있는지도 모른다 땅 위로 불거져 나온 힘줄과 청순한 내력을 알 수 없는 회화나무 좌탁을 읽는다

저 마르고 단단하게 하늘로 치받아 올라간 그리움의 맨 끝 좌탁으로 굳어버린 딱딱한 살결, 나무가 나붓나붓 여백을 그으며 고백한다 목수가 지우려던 속살의 흔적은 유독 비밀스럽다

한 줄의 문양을 지우고 흐리며 자세히 들여다본다 나무의 살에 새긴 기억의 나이테를 펼치자 환하게 타오르는 옹이의 눈, 아무도 오래전에 살아 있다는 것을 몰랐다 우린 서로 아무 말도 하지 않았으므로

수천 번 고통의 무늬로 퇴적된 눈을 얻은 것이다 온갖 가지가지 푸르던 입성과 뜨겁게 불지르던 허공, 오목눈이 한 마리가 가지 끝에 앉아 바위와 바람과 구름까지 간직한 무늬를 더듬어 본다

목수가 모진 풍상을 깎아내고 다듬고 사포질했어도 그의 고유한 눈빛까지는 지우지 못했다

틈

닳고 낡아 늙어버린
고향집에서의 하룻밤

문의 경계에서 시작된 돌쩌귀의 소문은
오래된 문짝에 매달린 신음소리다
불안하게 떠돌던 바람의 인기척에도
낡아 비틀어진 서러움의 무게가 얼마나 크던지

삐그르 턱 삐그르 삑삑
대부분의 슬픔이란 어긋난 틈에서 새는 법이지

빈틈이란 없는 아내와 다투다가
홀로 찾아온 고향집
틀에서 틈은 언제나 위험하다

왜 삐딱한 저 소리를 듣고만 있느냐고 하는 것 같아
급한 대로 돌쩌귀에 식용유 한 방울을 떨구고 돌아누웠다
드르륵 풍진에 닳아 서럽던 문이 닫힌다

쉽게 여닫지 못하던 녹슨 문의 경계에서

환청에 데인 듯 한참을 뒤척였다
간극의 아픔을 닫는 함수의 분자값이
겨우 식용유 한 방울이라니?
피시식 헛웃음이 비어져 나왔다

하늘에서 하얀 사리가 쏟아지는 밤
여러 날 마실 나가서 노름방을 전전하다
새벽눈을 밟고 몰래 귀가하시던 아버지 때문에
우리 엄니도 돌쩌귀 틈을 비집었지

나의 문은 때가 끼지 않았는지
오늘은 기름칠 좀 해야겠다

회전목마

주변만을 빙빙 도는 회전하는 말이다 고삐를 당겨봐야 원심력
이 지배하는 차이다 언제나 중심에서 멀어지고 싶은 말의 관성,
한쪽으로만 피를 몰아가는 말의 축제다 톱니에 고정된 저 말의
발굽소리에 귀 기울여 보라

기수가 주변에 손을 흔들자 하나같이 환호하는 군중들, 덩그
런 광장에 붙박이 말들이 위아래로 흔들린다 초원으로 질주하지
못해 시선만 머물다 돌아오는 현기증 나는 말의 놀이

말의 속도는 위치에 따라 일정한 듯 다르다 이 광장에서는 가
장자리의 말을 더 선호한다 중심에서 멀어진 말의 등에 올라타
면 구심력을 잃어버린다 그러므로 신성한 말의 모독에 표류하며
허공에 말발굽을 찍는다

엄마

나 죽는 것은 상관없어 야
가장 큰 걱정은
내가 너 보고 싶은 게
뭐니 뭐니 해도 제일 큰일여

바람 불자 아무런 말씀도 없이
혼자서 짊어지고 가신

꽃들의 전쟁

심호흡을 가다듬다 초연히 눈꺼풀이 열리는 봄이다 겨우내 닫혀 있던 안전장치를 풀고 조준선을 정렬했다 가늠쇠 위에 총총히 박혀 있던 봄은 유효한 사거리인지 탄착지에서 팡팡 터졌다

총알은 쉼 없이 날아들고 탄착지는 더욱 꽃잎에 물들어 간다 지금은 세상의 모든 입이 열리고 총구가 열리고 여기저기 폭발하다 가는 꽃의 생애는 그러나 순간이다

이 전쟁의 규칙을 비껴간 꽃은 아직 한 송이도 없다 향기를 맡아보면 안다 냄새로는 말할 수 없는 지나간 호명들이 봄의 포화 속으로 장렬히 곤두박질한다 그 선두에서는 목련이 먼저 장렬하게 목을 내놓았다

사수가 마지막 방아쇠를 거머쥐고 관통시키려는 순간에도 끝까지 살아남을 마지막 긴급한 비밀의 전문을 씨앗에 타전하며 꽃들이 저격당하고 있다

태양이 지구와 멀어졌다 또 가까워지는 날 꼼짝없이 또 전쟁이 시작될 것이다

단추의 수사학

깜빡 잊고 잠그지 않아서
채워지지 못해서 사이가 멀어지는 날
벌어진 경계에서 단추의 감정을 보았지

미처 채비하지 못한 허전함의 속내에
잃어버린 단추와 허수로이 남겨진 실밥들
질긴 한 올 실에 버텨 온 꼿꼿한

둥근 자리에 네 개의 구멍으로 새긴 듯
바늘과 실로 엮은 견고한 정적
이 간단한 법칙의 틈을 엿보지 마라

옷깃을 여미다 헐거워져 위태로운
채움과 벌어짐의 알리바이
늘 단추의 행방을 주목해야 해

단추는 마음을 여미는
둥근 바늘이니

대나무 수도승

오랜 기간 수도했다고
다 도승道僧은 아니다

짧은 도행道行에도 반질하고 곧게 길들여져
정정히 살아가는 수도자가 있다

한 마디 두 마디 쌓아 올린 빈 집 같은

물의 장례

멈추면 죽는다네
꽁꽁 얼어붙은 물은
얼음이 아니라 사체라네

유연한 흐름에 묻혔던 뼈가 단단하게 굳자
정수기에서 염할 때처럼
툭 뚝 뚜둑 금 가는 소리

추울수록 굳어지는 물의 내면

얼음 버튼을 누르며
얼었다 풀리는 물의 길을 생각하네

박주가리

어머니 만나러 가는 길
산기슭 외진 자리에
박주가리가 쩍 벌어져 있습니다
지나온 날들은 그리움이라며

간신히 대궁 붙잡고 기억을 흐리지 않으려던
참빗으로 곱게 빗은
당신의 옆 머릿결을 닮았습니다

바짝 가물어 버석버석한 박주가리
바람 부는 새벽 파르르 흔들리다
홀연 허공으로 하관하는 홀씨

텅 빈 껍데기만 남겨두고
바람의 등에 실려
하얀 머리칼 흩날리며
어디로 가는 길인지

어머니는 그 여정의 끝자락에 누워 계십니다

손바닥

언제부터 물과 한통속이었는지
파도가 다시 바닥이 되는
제자리 걸음마의 오랜 기억법을 알 길 없네

아득한 옛날부터 물속에서 퇴화된
뭍을 동경하다 물의 지느러미가 되어버린
속 깊은 바다도 알 수 없는 물의 지문
오직 바람을 흠모하다 태어났네

흔들리는 바다 의자
물의 잔등을 유영하다
곧바로 주저앉느라
어디로도 갈 수 없는 파도의 감정주기

내 손바닥에도
저 먼 바다의 유목이 운명처럼 흐르는지
어지러운 등심선等深線*만 빼곡하네

수만 겹 허울을 다 벗겨내어도
꼼짝 않는 바닥이 있네

* 등심선等深線 : 해저 지형의 표현을 위해 같은 깊이의 점을 연결한 선.

신

길을 잃어버린 신 하나
발의 기억을 껴안은 채 버려져 있다

누군가의 발을 마지막까지 섬겨왔을 신
닳고 낡아 기울어진 뒤축으로

신과 발이 서로의 뒷모습을 아무리 베껴도
균형 잡지 못해 버림받은 신

마지막 발의 중심을 끝내 놓지 못하고
구멍마다 단단한 줄에 묶여 있다

더 이상 낮아질 수 없는
오, 바닥만을 끌어안은 가련한 신

파리의 경전

빈 개밥그릇이다
말라붙은 밥풀 두어 점에도
허기는 욕망으로 비상하는지
파리 한 마리 날아들었다

밥그릇 훔치는 용서를 구하는 것인가
바닥에 나뒹구는
생선가시에도 하수구에도
조의를 표하고 있다

신은 파리에게 목숨을 부지하는
경건한 기도를 주문했다
발끝 미각 기관을 늘 깨끗하게 털어내고
식사하는 예절까지도

더러운 파리라고
함부로 때려잡지 말자

밥그릇 앞에서
밥을 구하는 길에서

머리 조아리며

간절히 합장해보지 않았다면

3부

빗방울 조문객

한 수의 패

책장을 청소하다 보니 내 뒤를 밝히던 패가 이곳저곳에서 자리를 차지하고 굴러다닌다 대부분이 찬란한 수식어여서 기념일로 정해 맘껏 흔들며 살고 싶다 닳고 낡은 패는 장땡을 잡았다 해도 흑싸리 껍데기 취급받는 흉물이므로

좋은 패를 쥐면 은근슬쩍 눈치를 살피다가 무조건 지르지만, 너무 많은 패는 오히려 짐이지 오래된 전역패 재직패 공로패 위촉패 상패 기념패들, 한 아름 걸머지고 살던 한 사내의 뒷걸음의 수만큼 장식된 감사와 위로의 흔적을 하나 둘 지우고 싶지

움켜쥔 패가 작아야 행복하다는 의식의 뒷전에는 아직도 인연 닿는 빼곡한 이름들을 호명해보다 문득 피박당할 수도 있다는 생각에 먼지를 털어 자리를 비집어주었지 패를 던졌지 잃어버리기도 하고 나가리가 되기도 하는 판의 운이란 잘 나갈 때 조심해야 하지

이곳저곳 지친 듯 모퉁이마다 외롭게 떠도는 늙어버린 흔한 패들, 여러 수의 패를 잡았다면 낭패를 당하기 십상이지 정리된 마지막 한 수의 패가 가장 빛나고 소중하니까

그림자 그늘

마당을 가로질렀다 꽃그늘에 들자
고양이의 그림자가 사라졌다

꽃그늘 벗어난 고양이의 발끝에서
그림자가 부활하고

쥐를 물고 있다
꽃이 쥐였나
그늘의 배후는 고양이였나

어둠이 달빛에 휘는 고통을 겪으며
새끼를 낳을 고양이
그림자가 뼈를 물고 간다

지상의 모든 그림자엔
그늘을 버티는 지주대가 들어 있다

흔적

어떤 생이

잠깐 머물다 간 햇살에 맡긴

습관적인 유서

수염

왕조시대였더라면
헛기침만으로도
더 오래 버텼을 텐데

매일 깎인다 비누거품으로
사라지고

불 지른 초원으로
다시 살아난다

그렇게,
깎고 태워도
지워지지 않는 이름이 있다

염탐

곁눈질하지 않고
날개를 부려 먹이를 얻는 새들이
탁발을 마치고 날아간다

허공을 짊어진 무게는
오로지 날개의 몫

저 바쁜 저녁의 날갯짓을
어떻게 다 읽어낼 수 있을까
이미 지나간 길은 돌아보지도 않는다며
허공에 발품을 얹는
날갯짓

하늘의 경지에 오른 것들은
빛이 나는 것들은 그림자를 만들며
물빛에도 지워지지 않는 허공의 흔적을
호수가 염탐하고 있다

대추나무의 저녁

여름내 장독대가 키운
대추나무의 어깨가 시리다
시월은 온전한가 돌아온 뒤뜰에서
대추를 턴다 할머니와 쪼그려 앉아
대소쿠리에 대추를 주워 담는다

천둥과 번개의 세월을 오래 버텨낸
장독대 그늘의 적요는 두껍다
할머니를 가두고도
장항아리 뚜껑만큼이나
거친 살빛으로 웅크렸다

햇살이 참빗질로 허공을 쓸고 지날 때마다
때 늦어 깊어지는 대추의 주름살
가지 끝에 걸린 여남은 알이
노을로 매달려 있다

먼지

어둠의 그늘에서 잠자던,

뿌리도 없이 자라난 너는

어디서 왔을까

저 침묵은 어느 전생인가

현생은 찰나의 빛이라고

아침마다 눈을 뜬다

창틈으로 새어든 햇살로 바라본다

내 이름 새긴 먼지 하나

허공의 발자국

창틈으로 뿜어낸 담배연기는
아내의 잔소리에도
허공에 길을 냈다

주머니를 뒤져
공중에서 길 찾는 것들을 소환한다
별과 달, 구름과 바람, 비와 눈송이와 안개
하늘을 떠도는 애드벌룬마저도

막힘없이 떠도는 것들은
걸어간 발자국을 남기지 않는다

하늘 길에도 날벼락이 있다
10억 볼트의 전류
순간을 단 한 번 번쩍이고 사라진 것들은
모두 허공이 된다

빗방울 조문객

청양 천장호 둘레길 출렁다리 위
우산 쓴 조문객들

먹구름에서 발아한 슬픔은
물낯에 제 모습 비춰 볼 겨를도 없이
우수수 쏟아져 내리고

감정엔 온도가 없다
소리는, 귀에 흘러들어
빈 호수에 동심원을 펼쳐 보인다

모든 눈길들이
빗방울에 모여 있다 지워진다

내일이면 지워질 슬픔은 어떤 빛깔인가
산색山色도 젖어 초록이 짙은데
지상에서의 처음이자 마지막 투신
수면에 부딪히자마자 사라지는
불투명한 안개의 핏물들

\>

누구였는가 이 하루
빗방울로 사라져 간 주인공은

월력 月曆

넘긴다 넘어간다 지나간다 달이

찬다

설후동천雪後冬天

하늘은 얼음장이고

땅은 불바다

화롯불에 둘러앉아

고구마 없으면 손바닥이라도 굽자

봄을 맞는다 여름을 버틴다 가을을 긁는다 달이

한 장씩 야윈다

화살표

지상의 어떤 커브엔
바람에 날아가 잃어버린 모자가 있고
벗어던진 신발이 있다

커브를 돌 때
같은 속도로 따라오던 새들은 어디에서
어디로 사라진 것인가

목적지를 향해 쏘아진 화살
구구한 바람을 헤아리지 않으면
화살도 커브를 튼다

차창을 뚫고 들어온 화살이
핸들 잡은 손에 꽂힌다

바깥의 화살이 바퀴를 굴릴 때마다
또 다른 커브가 기다리고 있다

모든 길엔 커브가 있다
생의 지형이다

질주에 대한 편견

멈추어야 하는 지점에서
사고는 일어난다
골목에서의 사랑은
벚꽃 핀 봄날이 아니었다
어둠이 어떻게 세계를 어루만져
흰 토끼의 허황한 꿈을 완성할 수 있나
귀를 쫑긋 세우고
코를 열어 킁킁거리고
뛰어 봐야 거기서 거기
세계는 생각보다 넓어
머리통을 짓누른다
여우의 숲을 떠나 초원에 간들
토끼는 토끼
매의 눈을 피할 수 없다
아무리 빨리 도주해도
날개의 속도를 이기지 못한다
날 수 없는 거북이는 차라리 돌이 되어
사막을 견딘다

그릇

쓸모는 밥상을 부른다
수저도 대기 전에
진즉부터 포만해져서
놓여 있는
그릇들

그릇된 자들은
입이 젤로 크다

여섯 살 적
할머니 흰 귀밑머리 아래서
나는 그릇되었다

큰 그릇 될 거여

배부를수록
그릇은 빈다

파리채

마을 정자에 좌정하고
구름 조각과 눈싸움 한 판 벌이다
구름의 먼 친척뻘
오백세 되신 괴목槐木의 기에 눌려
잠에 빠졌다

섶다리 건너 폐광에
호미 차고 금 캐러 가다가
사금파리 눈부셔 걸음 멈추고
내려다보니
누가 떠내려간다

일렁일렁 그의 얼굴이 사라지자
말끔해진 물낯에
눈 부릅뜬 채 죽은 새가 떠 있다

새의 눈알을 집어 들어
눈에 끼워 넣는다

삼천 척 깊이에 묻힌 금맥이 번쩍이고

산봉우리 너머
닭장 속 닭이 황금알을 낳는다

기일료日
― 초를 불 켜다

유추類推조차 되지 않는 아버지의 생은

가파른 산길 따라 흘러내리다

물바가지 소沼를 만나

잠시 멎었다 떠난 유랑객 같다

해를 만지며 노는 세상 잎들 중 하나,

가는 물 따라 흘러간 낙엽 한 장,

허리춤에 질끈 동여매었을 당신의 길목

끝내 보여주지 않고

파랑주의보가 내려진 밤 해안

발 디딜 자리 찾아 깜박이는

먼 별

문제들

마천루가 피뢰침에게 물었다
너, 내 안에서 무성히 자라나고 있는 음모들을 알아?

피뢰침이 대답했다
하늘의 음모는 알고 있지

마천루의 뿌리는 지하주차장
늘 지상보다 어둡다

모든 음모는 구름 위에 있고
지하주차장에 있다

지상을 살아가는 착한 영혼들은
그걸 모른다 마치
자신의 고향이 하늘인 걸 착각한 듯이
아니면 돌아갈 곳이 지하라는 걸
알고도 모른 체하는 듯

사막화는
보이지 않는 곳에서 시작되었다

인류사

살아생전

익룡翼龍이 제 이름을 알았을까?

하늘하늘

부드럽게

생긴 대로 붙여진 모든 이름들은

명사 아닌, 형용사다

운명
― 산란産卵, 혹은 난산難産 사이의 모래

감시소의 서치라이트, 그리고
해안
심해를 날아다니던 날개를 접고
모래톱으로 기어 나온 거북이들이
오체투지로
모래를 파헤친다
목숨을 얻었던 그 자리

뛰었었다 부리를 피해
날았었다 살기 위해

유영의 시간만큼
더 깊어진 눈

목숨이 내 몫이 아니었듯
운명을
숙명의 모래로 덮고
덮어두고
되돌아간다

콘도미니엄에서
잠깬 아이가 눈 부비며
창가에 서 있다

모처某處럼

풍경소리 들으러 갔다 거기
한바탕 싸움이 있었다
와중에 누군가 대장간에라도 다녀왔는지
사천왕 작두 창칼이 춤추고
목이 잘린 말들

말들이 히힝 울었다
경마장이 아니었는데
재갈을 물리고
오도 가도 못하는
첩첩산중

결가부좌로 포박당한 부처가
유리안치 되었다

일곱 걸음만 걸을 수 있게 해다오
연꽃 위에서 이슬과 노는
개구리나 되게

누구의 명命이던가

붉은 장삼을 두른 나무들이
대웅전 지붕 위에
단지丹脂한 손가락을 불쏘시개로 던져
불을 질렀다

발치 사하촌에서
방아 찧는 소리가 났다

고구마

동지冬至무렵 옛집 뒤뜰
대추나무 가지에 앉아 계시다
달의 후광으로 뒤가 더 밝은

할머니

눈이 없으시다

고구마 주까?

할머니 등에 업혀서
울다

잠들었다

깨어나면
뺨이 군고구마처럼 뜨끈했다

사랑채 외양간 방

잿불에 구운 고구마를
한밤중에 깨어나 먹으며
뒷산 참나무 숲 부엉이 울음 들었다

울지만 말고
칠흑을 날아, 와

군고구마 먹자

소품

어제를 몸에 쌓을수록 나는 자꾸 작아졌네
이 거대한 문명의 동굴에서
돌아나갈 길을 잃어버리고
나무와 풀들의 뺨을 불어가던 바람
비를 만들던 구름을 꺼내
곁에 앉히네

허공에서 먹이를 구하는 새는 드물어
새의 날개는 이동을 위해 있네

나, 날개를 달아 보네

입술

식탁 위의 입술이 구름을 내뿜고 있다

공원 벤치에 앉아 있는 입술이 접시를 핥고 있다

나뭇잎이 입술을 내밀고 있는 허공 아래서

길을 걸어가고 있는 입술

돌아오면서 나는 중얼거린다

내게도 입술이 있네!

바다를 읽다

소롯이라는 말
그 말을 태양에게로 온전히 되돌려줄 수 있다면
그럴 수만 있다면
인류의 멸망 따위는 걱정하지 말자
집 한 채 짓는 데 해거름이라는,
아침에 핀 꽃이 저녁에 질 거라는
경험론자는 결코 되지 말자
부끄럽다 바다 앞에서
저 무수한 시간의 답습 속에서
나는 무얼 보는지
파도는 잘잘한 시간을 더듬어
내게로 다가든다 자꾸만
별빛의 메시지를 실어 나른다 그러니
웃자 파도가 있으니
나, 행복하다고
내일을 행복했다고

구름의 노래

일찍이
엄마는 아주 큰 꿈을 꾸었다
아파도 아프지 않은 세상에서
아이를 낳고

너는 행복해야 해
내 젖을 물렸다
내가 네게 할 수 있는 말
너는 자라서
이제 아주 많은 그늘을 드리웠지만
그늘은 그늘을 데리고 가야 한다는 걸

구름이 없다면 생이 아니지

아이가 아프면
내가 더 아프지

늙은 시계 수리공

이 낡은 육체는 천명을 다했네
일생 비밀이었던 내부를 열자
아버지의 유산이라던 주인의 말이
장기 도처에 흔적으로 남아 있네
부분 절개로는 치유하지 못 할 깊은 내상들
유명 가문의 붉은 낙인과, 거기
세월이 덧대어 준 사연들
톱니바퀴로 얽히고설켜
눈빛 반짝이며 별의 운행을 도왔겠으나
대물림의 손목과 몸짓이 어긋나고
관절은 헐거워졌네
노련한 집도의는 더 손대지 않고
열었던 그의 복강을 다시 덮었네 염습처럼
노구를 완성해주었네 안타깝지만
이제는 그에게 호흡을 불어넣을 수 없네
백열전등 하나로 밝힌 두 평의 공간
수술대 앞에 앉으면
초침의 순간들에 생을 맞추며
날마다 제자리로 돌아가고는 했네
돌아왔다 갔네 일생을 핀셋에서 벗어나지 못했네

금속성에 맞춘 호흡들

고장 난 시간을 돌려놓는 일로 일생을 보냈네

몸속으로 흐른 세월을 마음으로 읽네

귀가 울어서

초침이 흐르는 물소리 듣지 못하네

디지털은 눈만 반짝이지

마음으로 지나간 시간을 읽어내지 못하네

톱니바퀴가 아이들을 낳고

꽂힌 적 없는 과녁

쏜 적 없는 화살

초침이 가지 않으면 분침이 멎고

마침내 영원한 정지의 시간이 오네

태엽을 감아도

이미 너무 어긋난 생은 되돌리지 못하네

솜이불

장롱에 잠들었던 여름을 꺼내어

겨울을 덮네 계절을 지나가는 몸의 음악소리를

눈보라가 실어오네

발을 오그리고 누워 할머니를 생각하는 밤

자리끼는 없어도 되네 할머니가 없으니

할머니의 봉분에 솜이불을 덮네

오늘밤,

두 돌 지난 아이가 할머니의 젖을 빠네

배반

등이 따스했던 밤과
배가 차가웠던 낮이 있었다

새가 날아가고

거북이 밤바다로 기어가던 그때

나는 너를 생각하며 네가 나를 생각하지 않는 시간을
생각했다 너를 등에 붙이고 누워 있던 밤들

너는 너의 무게에 눌려 납작해지던 시간

밤과 낮이었다

숲이 무성해지던 청춘이었다

일기를 지우다

슬픔을 적으려고 책상 앞에 앉는다

생각 위에 생각을 얹으면
나는 오늘도 악마였다

문명을 읽어내느라 삶을 탕진한 생에게
어제란 없다

고전은 고전의 길을 안내하고
잘못이 나를 나로 만들었다

잠시도 평온한 적 없던 세계

그러므로 나의 평온은
오늘도 이질적이다

지상의 모든 철학은
너를 어제의 나로 돌려놓는다

잠 많은 만화가

스물 네 시간의 절반을 잠에 바치고서도
잠 못 잤다고 투덜대는 그를
누구도 비난할 수 없다

그래, 돌고 돌아도
기껏해야 생은 한 컷
목숨 걸다 죽어도 하나

게으름은
시간에 대한 최소한의 예의

한 때 아내였던 여자와 아이들은 진즉에 떠났고

이제 삶은 스스로 곡절을 지우고 하구에 이른
강물만 같다

허공을 그리는 게 제일 어렵다는 걸
남의 집 지붕을 마무리하면서 그는 비로소 안다

삶의 변곡점에서 발아한 사유

― 최병근 시인의 시 읽기

최   준 시인

삶의 변곡점에서 발아한 사유
― 최병근 시인의 시 읽기

최　준 시인

인생을 부지런히 살아낼 수 있다는 건 축복이다. 자신에게 주어진 시간을 주머니에 집어넣고 만지작거리며 우연을 가장한 기회나 기웃거리는 단순한 의미만으로는 해명이 잘 안 된다. 노력하지 않는 사람이 어디 있으며 행복하기를 거부하는 이가 어디에 있겠나. 하지만 안타깝게도 세상은 자신의 의지나 희망대로 움직여주지만은 않는다. 다사다난한 삶의 구비들엔 실패와 절망의 지뢰가 도처에 도사리고 있기 마련이다. 나름 열심히 살아가지만 고지를 향한 전진은 힘겹고 보람은 늘 뒤에 따라오는 보너스와도 같은 것이니.

돌고 돌아서, 모든 삶은 결국은 처음으로 되돌아간다. 그러니 선한 의지로 결과보다 과정을 소중하게 여기는 삶이야말로 우리가 추구해야 할 궁극이라는 당연한 귀결에 이른다. 거기에 덧대어지는 기쁨은 얼마나 큰 것인가.

세 번째 시집을 발간하는 최병근 시인은 참 부지런한 사람이다. 언젠가 식사에 반주를 곁들인 가벼운 저녁 자리에서 시인이 회상하는 자신의 지난 삶을 곁귀로 들어본 적이 있다. 시인은 직업 군인의 길을 택해 청춘을 군대에서 보냈다. 중년에 이르러 군복을 벗고 사회인으로 복귀했지만 시인의 이력에는 사회 경험이 전혀 없었다. 아시다시피 군이라는 체계는 사회와는 엄연히 다른 특유의 질서가 있다. 삼십 년 가까이 해 온 시인의 군대생활은 사회에서는 전혀 도움이 되어주지 못했다.

나름 최선을 다했으나 시행착오가 많았다. 예기치 못한 일들이 발목을 잡았다. 의지 하나로 출항을 감행했으나 세파는 거셌다. 너무 일찍이 인생의 가을을 맞는 게 아닐까 했다. 이때 위안과 독려가 되어준 게 바로 시였다. 오랜 습작 끝에 두 권의 시집을 펴냈지만 앞선 시편들은 서정보다 메시지에 더 무게가 실렸다. 물론 시인의 메시지들은 대부분 은유화 되어 있지만 무엇보다도 할 말이 많았던 게 이유일 수도 있겠다. 그러면 파란 많은 중년을 지나 장년의 길목에 서 있는 시인이 생을 바라보는 시선은 어떠할까. 외연보다 한결 내면에 충실해진 시인의 의식은 사유의 깊이로 충만해져 있다.

다음의 시는 시인이 인생의 우여곡절을 겪는 와중에 깨달은 오도송悟道頌에 다름 아니다.

　　오랜 기간 수도했다고
　　다 도승道僧은 아니다

　　짧은 도행道行에도 반질하고 곧게 길들여져

정정히 살아가는 수도자가 있다

한 마디 두 마디 쌓아 올린 빈 집 같은
—「대나무 수도승」전문

한 편의 선시를 마주하는 느낌이다. 시인은 대나무를 수도승과 맞댄다. 사군자의 하나인 대나무는 그 꼿꼿한 모양새로 선비의 기개, 혹은 절개에 흔히 비유된다. 비바람에 휘어져도 부러지지는 않고 온갖 풍상으로부터 끝내 살아남는다. 어쩌면 시인은 자신의 생이 대나무와 같다고 여기는지 모르겠다. 시인의 사유대로 물리적인 시간이 뭐 그리 중요한가.

깨달음은 시간과는 무관한 것일 수 있다. 나이를 먹는다고 사유가 저절로 깊어지는 것은 아니라는 것을 시인이 말한다. 대나무는 시인의 삶의 가치관을 대변하는 대상일 듯도 하다. 돈오頓悟는 세속의 욕망으로부터 자신을 지우는 일에 다름 아니다. 허무주의와는 완연히 다르다. 시인은 대나무를 보며 어떤 깨달음에 도달했을까.

대나무와 수도승을 겹쳐놓고 보면 여기엔 묘한 접점 하나가 생겨난다. 모든 욕망을 비워버린 텅 빈 공간 하나. 깨달음에 이른 수도자는 마음을 비운 사람이다. 세속적인 욕망이 도사리고 있던 자리를 말끔하게 지워냈다. 대나무도 다르지 않다. 수도자처럼 속이 비어 있다. "한 마디 두 마디 쌓아 올린 빈 집 같은" 것이다.

시의 마지막 연은 수도자와 대나무를 하나로 겹쳤다. "쌓아 올린"이란 정진의 시간이겠지만 상대적인 시간이 아니다. 시인은 "한 마디 두 마디"라는 깨달음의 과정을 대나무에서 발견하게 된 것인지도 모른다. 깨달음을 얻는다는 것은 결심과 노력을 필요로 하지만 그것만으로 깨달음에 이르는 게 가능한 노릇인가. 시인은 삶의 여정에서 이러한 깨달음에 도달한 듯하다. 이 또한 일상을 열심히 살아낸 용맹정진의 결과가 아닐까.

　　길을 잃어버린 신 하나가
　　발의 기억을 껴안은 채 버려져 있다

　　누군가의 발을 마지막까지 섬겨왔을 신
　　닳고 낡아 기울어진 뒤축으로

　　신과 발이 서로의 뒷모습을 아무리 베껴도
　　균형 잡지 못해 버림받은 신

　　마지막 발의 중심을 끝내 놓지 못하고
　　구멍마다 단단한 줄에 묶여 있다

　　더 이상 낮아질 수 없는
　　오, 바닥만을 끌어안은 가련한 신
　　　—「신」 전문

누군가를 알고 있다는 것은 어떤 의미일까. 우리는 타인의 생의 여정을 온전히 알지 못한다. 이름만 기억하고 있는 이들도 있을 테고 이런 저런 관계로 맺어진 오랜 지기들도 있을 테고 태생적인 혈연도 있을 테다. 우리는 애초부터 우리로 맺어진 관계가 아니었다. 시인의 전언대로 저마다 버려진 신발과 같은 존재였다. 신발이 곧 신발의 주인이었음을 주지하는 시인의 인식은 생의 여정이 발에 묶여 있는 신발에 다름없었다는 것을 말하고 있다.

신발의 주인은 누구였던가. 질문을 던지지 않을 수 없다. 누군가는 한 때 신발의 주인이었을 테지만 그 주인은 용도폐기 된 신발을 버렸다. 그리고 그 신발의 주인은 우리 모두이다. "여정"에서 버려지는 것을 "신발"이라 하지만 기실은 그 "신발"이 곧 우리 자신들이라는 것을 깨닫게 된다. 신발 이야기는 고스란히 우리들에게도 적용된다. 우리도 언젠가는 용도폐기 된다. 부지런히 세상을 살아가지만 닳고 낡아지지 않는가. 결국은 "바닥만을 끌어안은 가련한" 존재라는 시인의 인생론적인 깨달음이 "신"에 배어 있다. 그럼에도 불구하고 시인의 생에 대한 결연한 의지를 다음의 시에서 읽는다.

기댈 곳 없는 절벽에

못을 치는 것처럼

망치질에 맞서다 못이 꺾인 것처럼

서럽게 구부러져서

망치면 어때?

누가 자루를 들었는지가 중요하니까
　―「망치」 전문

"망치"와 "못"은 불가분의 관계이다. 소위 말하는 '갑'과 '을'의
사이일 텐데 문제는 이들이 자의적으로 움직이지 못하는 도구이
며 사물이라는 점이다. 사용자의 용도에 의해 만들어진 피조물
들이다. 하지만 이들의 운명은 일방적이다. "망치"에 저항하는
"못"은 때로 꺾이고 구부러진다. 주체와 객체의 의미다.

　생의 의지는 자기 긍정성의 산물에 다름 아니다. "망치질에 맞
서다" 꺾이고 "서럽게 구부러"지는 한이 있더라도 의지를 굽히
지 않는다. "망치면 어때?"라는 다의적인 시구는 삶이라는 명제
로 이어진다. 설사 망칠지라도 삶의 주체는 '나'라는 자각이 숨
어들어 있다. 망치의 "자루를" 든 자는 누구인가? 그리고 내 생
을 살아내는 주체는 누구인가? 시인은 고민한다. "망치"는 삶의
주체를 의식한 시인의 결과물이다. 사유는 다음의 시로 이어진
다.

쓸모는 밥상을 부른다

수저도 대기 전에

진즉부터 포만해져서

놓여 있는
그릇들

그릇된 자들은
입이 젤로 크다

여섯 살 적
할머니 흰 귀밑머리 아래서
나는 그릇되었다

큰 그릇 될 거여

배부를수록
그릇은 빈다
—「그릇」 전문

  우리는 누구도 예외 없이 관계망에 얽혀 있다. 도움 없이 살 수 없고 도움 주지 않고 살 수도 없다. "그릇"은 음식물을 담는 용기이지만 그 쓰임새는 다양하다. 나는 시인의 "그릇"을 '나'로 환치해 읽는다. 설사 이것이 오독이라 해도 그런 느낌을 지울 수 없다. "나는 그릇되었다"라는 진술은 자기반성에 다름 아니다. 할머니의 "큰 그릇 될 거여"에는 손자에 대한 기대가 담겨 있다. 하지만 화자는 자신의 생에 대해 잘못되었다는 후회와 반성을 담고 있다. 시가 내일에의 예언이 아니라 지나온 어제의 확인이나 반성이라면 이 시는 아주 소중한 한 예가 될 수 있다.

시인의 자의식은 때로 사회로 향하기도 하지만 종국에는 자신에게로 되돌아온다. 이러한 자기성찰은 '우리'에게로 확대된다. 당신의 삶이 아닌 나의 삶이다. 시인의 시는 나를 돌아보는 계기로 작동한다.

책장을 청소하다 보니 내 뒤를 밝히던 패가 이곳저곳에서 자리를 차지하고 굴러다닌다 대부분이 찬란한 수식어여서 기념일로 정해 맘껏 흔들며 살고 싶다 닳고 낡은 패는 장땡을 잡았다 해도 흑싸리 껍데기 취급받는 흉물이므로

좋은 패를 쥐면 은근슬쩍 눈치를 살피다가 무조건 지르지만, 너무 많은 패는 오히려 짐이지 오래된 전역패 재직패 공로패 위촉패 상패 기념패들, 한 아름 걸머지고 살던 한 사내의 뒷걸음의 수만큼 장식된 감사와 위로의 흔적을 하나 둘 지우고 싶지

움켜쥔 패가 작아야 행복하다는 의식의 뒷전에는 아직도 인연 닿는 빼곡한 이름들을 호명해보다 문득 핍박당할 수도 있다는 생각에 먼지를 털어 자리를 비집어주었지 패를 던졌지 잃어버리기도 하고 나가리가 되기도 하는 판의 운이란 잘 나갈 때 조심해야 하지

이곳저곳 지친 듯 모퉁이마다 외롭게 떠도는 늙어버린 흔한 패들, 여러 수의 패를 잡았다면 낭패를 당하기 십상이지 정리된 마

지막 한 수의 패가 가장 빛나고 소중하니까

　　—「한 수의 패」 전문

　이 또한 중의적이고 다의적이다. 화자에게는 여러 이유로 받은 "패"들이 있다. 집안 여기저기에 굴러다니는 이 "패"들을 확인하면서 시인은 "패"를 '인생'으로 치환한다. 시인의 몸에 배인 익숙한 인식이고 특장이다. 우리 인생은 좋은 "패"를 쥐기도 하고 나쁜 "패"를 쥐기도 한다. 행복과 불행을 이 "패"가 결정한다면 그건 운수나 마찬가지다. 앞날을 예측할 수 없는 생은 "잘 나갈 때 조심해야"한다는 경구를 떠올리게 한다. 시인은 인생의 마지막 "패"가 중요하다고 말한다. 굽이굽이를 돌아서 종착역에 이른 삶은 모든 "패"의 조합이라는 것이다.

　결론은 한결같다. 결과보다 과정을 중요하게 여기는 시인의 삶의 가치관이다. 계도하거나 강조하지 않지만 시인의 자신의 시로 자신을 돌아본다. 반성과 성찰의 시편들이다.

　　어둠의 그늘에서 잠자던,

　　뿌리도 없이 자라난 너는

　　어디서 왔을까

　　저 침묵은 어느 전생인가

현생은 찰나의 빛이라고

아침마다 눈을 뜬다

창틈으로 새어든 햇살로 바라본다

내 이름 새긴 먼지 하나
　―「먼지」 전문

　무한의 우주에서 '나'는 과연 어떤 존재인가. 내가 있기나 한
것인가. 이 가편佳篇은 존재론적인 철학 혹은 선적禪的인 깨달음
에 닿아 있다. "어디서 왔을까?"라는 의문으로부터 "내 이름 새
긴 먼지 하나"에 이른다. 그런 존재이니 생을 어떻게 살아야 하
는가에 대한 반성과 질문들이 이 시집을 이루고 있다.

　줄여서 말하자. 최병근 시인의 시집『먼지』는 존재에 대한, 그
리고 생에 대한 자각의 시편들로 채워져 있다. 생은 행복과 불행
사이를 오가지만 결국 행복과 불행은 자신의 마음먹기에 달려
있다는 시인의 견해에 기꺼이 동의한다. 시인이 삶을 긍정하는
이유 또한 이런 연유와 다르지 않을 테다. 시인의 시집이 힘겨운
현실을 버텨내고 있는 이들의 삶에 격려와 위안이 되어줄 수 있
으리라는 독자로서의 바람을 덧댄다.

최병근 론

먼지 하나의 철학

반경환 『애지』 주간 · 철학예술가

먼지 하나의 철학

반경환 『애지』 주간 · 철학예술가

어둠의 그늘에서 잠자던,

뿌리도 없이 자라난 너는

어디서 왔을까

저 침묵은 어느 전생인가

현생은 찰나의 빛이라고

아침마다 눈을 뜬다

창틈으로 새어든 햇살로 바라본다

내 이름 새긴 먼지 하나

— 「먼지」 전문

모든 사상은 행복론이며, 낙천주의를 양식화시킨 것이다. 행복이란 모든 것이 가능하고 어느 것 하나 부족한 것이 없는 상태를 말하지만, 그러나 행복 중의 최고의 행복은 자기 자신의 단하나뿐인 목숨을 걸고 자기 자신의 삶을 살아가는 것이라고 할수가 있다. 어떤 사람은 물질적 풍요에 그 목표를 두고 돈벌레처럼 살다가 가고, 어떤 사람은 만인들 위에 군림하는 권력에 그 목표를 두고 살다가 가고, 어떤 사람은 끊임없는 존경과 찬양의 토대인 명예를 위해서 살다가 간다. 돈벌레는 타인들의 피와 땀을 송두리째 빨아먹는 흡혈귀처럼 살다가 가고, 권력자는 타인들의 끊임없는 음모와 중상모략에 끊임없이 시달리다가 죽어가고, 명예에 굶주린 자는 공연한 착각과 광기에 사로잡혀 죽어간다. 돈과 명예와 권력은 만인들이 다 부러워하고 있는 만큼 아주소중한 것일 수도 있지만, 그러나 돈과 명예와 권력은 다 허망하고 부질없는 환상에 지나지 않는다.

지리숙支離叔과 골개숙滑介淑 두 사람이 옛날 황제가 놀았다는 곤륜崑崙의 황야 명백冥伯의 언덕을 찾아갔다.

갑자기 골개숙의 왼팔꿈치에 혹이 생겼다. 그는 깜짝 놀라 그것을 두려워했다.

그러자 지리숙이 물었다.

"그게 싫은가?"

"아니 이게 무엇이 싫겠는가? 무릇 생명이란 빌어 온 것이 아닌가? 생명이란 여러 가지를 빌어다가 빚어 놓은 것이거늘, 먼지나 때에 불과한 것. 우연히 바람에 날리어 이렇게 모여진 것이 아닌가? 생사는 주야가 저절로 바뀌듯이 변하는 하나의 순환인 것뿐이야!

그리고 자네나 나는 생사의 변화를 구경하러 왔거늘, 지금은 그 변화가 나에게 닥친 것뿐이야. 그런데 그 자연의 순환을 어쩌자고 싫어하겠는가?"

　　　―「장자莊子」에서

소크라테스가 '너 자신을 알라'라는 한 마디의 말을 남기고 죽어갔다면, 스피노자는 '내일 지구의 종말이 올지라도 나는 한 그루의 사과나무를 심겠다'라는 한 마디의 말을 남기고 죽어갔다. 데카르트가 '나는 생각한다. 고로 존재한다'라는 한 마디의 말을 남기고 죽어갔다면, 니체는 '나는 너희에게 초인을 가르친다. 인간은 초극되어야 할 그 무엇이다'라는 한 마디의 말을 남기고 죽어갔다. 소크라테스와 스피노자와 데카르트와 니체와 장자 등은 돈과 명예와 권력과는 정반대 방향에서 자기 자신의 행복을 연주했던 전인류의 스승들이며, 그들의 짧고 비참했던 생애는 오히려, 거꾸로 전인류의 행복의 모델이라고 할 수가 있는 것이다.

자기 자신을 안다는 것은 삶의 출발점이 되고, 그 앎, 즉, 그 자기 이해를 통해 어느 누구도 좌절시키거나 훼방할 수 없는 삶을 완성한다는 것, 바로 이것이 최고의 행복이라고 할 수가 있는 것이다. 성공과 실패도 부차적인 문제이고, 돈과 명예와 권력도 부차적인 문제이며, 오래오래 장수한다는 것은 그 어떤 문제도 되지를 못한다. 오직, 자기가 가장 좋아하고 가장 잘 할 수 있는 일을 하고, 그 과정 속에서 황홀하게 살아간다면 그의 행복은 최고의 경지, 즉, 신들의 행복으로도 승화될 수가 있는 것이다. 타인의 말과 타인의 사유는 하나의 모범이며 참고대상일 뿐, 그것이 나의 피와 생명이 될 수는 없다. 내가 숨쉬고, 내가 먹고 살아가고, 내가 가장 즐겁고 행복한 것은 나의 피와 땀으로 쓴 나의 사상일 뿐 것이다.

'너 자신을 알라'라는 것, 즉, 나 자신을 안다는 것은 나의 생명이 먼지와 때에 불과하다는 것을 안다는 것이며, 우리는 모두가 다같이 먼지와 때로 이루어진 생명체들이며, 모든 생명체들은 생물학적으로나 화학적으로 한 가족이라고 할 수가 있는 것이다. 나무를 해부해도 물, 염분, 철, 칼슘, 인, 질소 등이 나올 것이고, 바위를 해부해도 물, 염분, 철, 칼슘, 인, 질소 등이 나올 것이고, 모든 생명체들을 해부해도 물, 염분, 철, 칼슘, 인, 질소 등이 나올 것이다. 모든 생명체들이 죽으면 그 생명체들을 구성하던 원자들이 산산이 분해되어 다른 생명체들의 토대가 된다. 사자가 사슴을 잡아먹어도 에너지의 총량은 변함이 없고, 사자의 시체를 구더기들이 다 파먹어도 에너지의 총량은 변함이 없다. 숲이 사라져도 에너지의 총량은 변함이 없고, 물고기가 사라져도 에너지의 총량은 변함이 없다. 왜냐하면 에너지는 형체만 바꿀 뿐, 그 총량에는 변함이 없기 때문이다. 이처럼, 만물이 동일한 원자로 구성된 생명체이며 한가족이라는 사실을 안다면 자기 자신의 생명체만 유지하면 될 뿐, 오늘날의 인간들처럼 너무나도 잔인하고 끔찍하게 돈과 명예와 권력에 대한 욕심을 부릴 필요가 없는 것이다.

　오랜 기간 수도했다고
　다 도승道僧은 아니다

　짧은 도행道行에도 반질하고 곧게 길들여져
　정정히 살아가는 수도자가 있다

　한 마디 두 마디 쌓아 올린 빈 집 같은
　―「대나무 수도승」 전문

　그렇다. "오래 기간 수도했다고/ 다 도승은 아니다/ 짧은 도행道行에도 반질하고 곧게 길들여져/ 정정히 살아가는 수도자가 있다// 한 마디 두 마디 쌓아 올린 빈 집 같은"―. 자기 자신의 목숨이 먼지와 때에 불과하다는 것을 알게 되면, 부자에게 아첨할 일도 없고, 최고의 권력자에게 굴복할 일도 없으며, 어떤 미인들 앞에서도 음탕해질 이유가 없다. 짧고 곧고, 짧고 굵은 대나무같은 '도승의 시학' 속에 자기 자신의 사상과 이론으로 자기 자신만의 행복을 연주할 수가 있는 것이다.
　최병근 시인은 2020년 『애지』로 등단했고, 『바람의 지휘자』와 『말의 활주로』의 시집을 출간했으며, 「먼지」는 그의 세번 째 시집의 표제시가 된다. "어둠의 그늘에서 잠자던/ 뿌리도 없이 자라난 너는/ 어디서 왔을까"는 그의 뿌리에 대한 물음이 되고, "현생은 찰나의 빛이라고/ 아침마다 눈을 뜬다"는 그 존재론적 성찰에 대한 답이 되고, 마침내, 그 존재론적 성찰 끝에 "내 이름 새긴 먼지 하나"를 창출해내게 된다. 최병근 시인은 언어의 사제로서 오랜 기간 동안 말과 말의 활주로를 비행해 왔던 것이며, 마침내, 그 비행 끝에 "내 이름 새긴 먼지 하나"를 창출해내게 되었던 것이다. 먼지 하나는 그의 혹이고 명예이며, 먼지 하나는 그의 인생이고 행복이다. 먼지 하나로 자기 자신을 불태우고, 먼지 하나로 자기 자신의 이름을 새기고, 먼지 하나로 모든 욕망을 다 비우고 돌아갈 것이다. 먼지 하나의 철학은 찰나의 빛이고, 이 찰나의 빛은 영원할 것이다.

먼지 하나의 철학은 짧고 곧고, 먼지 하나의 철학은 찰나의 빛이다.

최병근 시인의 '먼지 하나의 철학'은 그의 행복론이며, 낙천주의를 양식화시킨 것이다.

최병근 시집

먼지

발   행 2022년 4월 5일
지 은 이 최병근
펴 낸 이 반송림
편집디자인 김지호
펴 낸 곳 도서출판 지혜 · 계간시전문지 애지
기획위원 반경환 이형권
주   소 34624 대전광역시 동구 태전로 57, 2층 도서출판 지혜 (삼성동)
전   화 042-625-1140
팩   스 042-627-1140
전자우편 ejisarang@hanmail.net
애지카페 cafe.daum.net/ejiliterature

ISBN : 979-11-5728-465-8 03810
값 11,000원

* 이 책은 충청북도, 충북문화재단의 후원으로 문화예술육성지원사업의 일환으로 지원받
  아 발간되었습니다.

최병근

최병근 시인은 충남 보령에서 태어났고, 2020년 『애지』로 등단했다. 국민대학교 경영대학원을 졸업했고, 배재대학교 시창작 전문과정을 수료했다. 시집으로는 『바람의 지휘자』 『말의 활주로』가 있으며 현재 애지문학회와 수레바퀴 문학회, 청주시인협회, 텃밭동인으로 활동하고 있다.

2020년 국가보훈처 제대군인 리스타트 챌린지 우수상, 2021년 제3회 청주시인상을 수상했다. 최병근 시집 『먼지』는 그의 세 번째 시집이며, 『먼지』는 존재에 대한, 그리고 생에 대한 자각의 시편들로 채워져 있다. 먼지 하나의 철학은 짧고 곧고, 먼지 하나의 철학은 찰나의 빛이다. 최병근 시인의 '먼지 하나의 철학'은 그의 행복론이며, 낙천주의를 양식화시킨 것이다.

이메일 : cbgaaa@daum.net